KB018475

시 쓰는 마음

시 쓰는 마음

1쇄 발행일 | 2018년 10월 22일

지은이 | 신은철
펴낸이 | 윤영수
펴낸곳 | 문학나무

편집 · 기획실 | 03085 서울 종로구 동숭4나길 28-1 예일하우스 301호
이메일 | mhnmoo@hanmail.net

출판등록 | 제312-2011-000064호 1991. 1. 5.
영업 마케팅부 | 전화 | 02-302-1250, 팩스 | 02-302-1251
ⓒ신은철, 2018

ISBN 979 - 11 - 5629 - 081 - 0 03810

문학나무시선 019

시 쓰는 마음

신은철 시집

문학나무

　이 시집 안에 담겨진 시들은 지난 2년 동안 출판한
저의 시집 『사모곡』과 『깨닫는 마음』의 연장으로 씌
어진 시들이다.

　이 시들을 구분하여 다른 제목하에 출판하는 이유
는 각 시가 다루는 주제들이 시인의 마음에서는 친밀
하게 공존하고 있지만, 현실사회에서는 움직이는 방
향이 다르기 때문이다.

　좀더 구체적으로 설명하면 사회생활에서 가장 아름
다운 인간관계는 서로서로 아끼고 사랑하는 부모와
자식간의 관계라고 할 수 있겠다. 그러나 이러한 관계
는 친부모 친자식 아닌 다른 사람과의 관계에서도 발
견한다. 시(詩)가 추구하는 아름답고 평화로운 이상향
(理想鄉)을 위해서는 온 사회가 자식이 어버이를 생각
하는 그러한 인간관계를 갖게 함이다.

그런데 그러한 인간관계는 2008년에 출판한 나의 두번째 시집 『너, 당신, 그대』 서문에 사적(史的)인 면에서 간략하게 논의한 바 있지만, 일상생활에서는 나와 내가 만나는 사람과의 자타관계(自他關係)에서 타인(他人)에 대한 자(自)의 자만함을 깨닫지 않고는, 시가 추구하는 이상향을 이룩할 수 없기 때문이다.

우리 말에서, 어린 시절 친구간의 호칭을 제외하고, 흔히 타인이 약자일 때, 나, 강자는 약자를 "너"라고 부르고, 타인과 내가 동등한 입장이라면 "당신"이라 부르고, 타인이 내가 존경하는 입장의 사람이라면 "그대"라고 부른다고 할 때, 내가 나의 자만함을 깨닫는 순간, 예전에 내가 알던 "네"가 "당신"이 되고, 당신이 내가 존경하는 "그대"임을 깨닫게 되는데, 이때에야 비로소 시(詩)가 추구하는 이상향을 성취하고, 나(自)는 그대(他)와의 관계에서 새로운 마음을 갖게 된다. 이처럼 새로운 마음을 갖게하는 깨달음은 나에게는 시 쓰는 마음과 다름이 없다. 왜냐하면 배워서 얻는 사실의 지식은 사실현상의 원인과 결과를 산문으로 설명할 수 있지만, 배우기 이전에 깨달아 얻는 지혜는 이상과 현실이 화합하는 시적(詩的) 표현을 필수로 하기 때문이다. 엄밀이 말해서 모든 시(詩)는 우리에게 지혜를 얻게 한다.

『사모곡』『깨닫는 마음』『시 쓰는 마음』, 이 세 시집의 주제는 다르지만, 시 쓰는 마음의 가짐에서는 다름이 없다. 시인의 마음속에 이상은 언제나 살아있다. 시 없는 사회에서 이상이 잠자면, 문화는 후퇴하기 마련이다. 문화없는 인간생활은 동물생활과 다름이 없다. 그렇기 때문에 새 문화의 창조를 위하여 시인은 부지런히 시를 써야겠다.

차례

시를 읽으면

시를 읽으면
"나 보기가 역겨워" 떠나는 길에*
진달래꽃을 뿌리는 시를 읽으면
이별도 사랑이 되고,

"빼앗긴 들"을**
다리 절며 하루 종일 걷는
시를 읽으면
나라 잃은 슬픔에 희망을 주고,

살아서 즐긴 강자(强者)의 오만함이
죽어서 당하는 지옥의 고통을 말해주는 ***
시를 읽으면
현세와 내세
인생만사의 이치가 미래로 이어진
삶의 희망이
내 마음에 햇빛처럼 스며든다.

*김소월의 시「진달래꽃」에서 인용
**이상화의 시「빼앗긴 들에도 봄은 오는가」에서 인용
***단테 알리기에리(13세기 이타리아 시인)의 시「신곡」에서 인용

그네

해질 무렵 텅 빈 공원
아무도 타는 이 없는 그네줄은
아직도 위로 아래로
하늘과 땅을 오고간다
누가 남기고 간 하소연처럼.

오르면 내려가야 하는 인생
내려오면 오르고 싶은 인생
오르고 내리고
아직도 지치지 않았는가.

TV영상은 돌아가는데
보는 사람 없듯
예언자들의 말이 담긴 성서를
읽는 사람 없듯,
아무도 타는 이 없는 그네
지금은 내려오고 있다.

〉
텅 빈 공원 텅 빈 인생
지는 해처럼 내려온 인생
어릴 때처럼 다시 한 번
그네 타고 오르고 싶다.

감사의 말

어머님이 차린 밥상 위에
나의 건강 나의 미래 나의 희망이
나란히 놓여있음을 보는 순간
고맙다고 말하고 싶은데
매일 쓰는 말보다
들으면 간절한 말
어두운 밤 달이 들으면
꼭 전해주고 싶은 말
학자가 들으면
꼭 인용하고 싶은 말
왕이 들으면
궁(宮)으로 불러들일 시인의 말로
감사의 말을 하고 싶다.

정치인과 시인

백(百)이 완전승리의 세상에서
한 표 차이로 이긴 정치인에게
하나는 백과 다름없다
백이 하는 일을 하나도 똑같이 한다
국가를 대표하고
백만 군인을 지휘하고
국민의 세금을 마음대로 주물럭거린다
백이 필요없는 하나의 힘이라면
정치는 거짓 수학인가.

연필 한 자루에 시의 표현을 맡기고
시상(詩想)이 쓰이는 순간
본인의 자취를 숨기는 시인에게
시인은 없고 시가 살아있는 세상은
대표도 필요없고 군인도 필요없고 세금도 필요없다
홀로 핀 아름다운 풀꽃이다
모여서 핀 아름다운 배나무꽃이다

하나는 하나 백은 백

서로서로 아끼고 배려하는 세상이다.

어둠의 황제

나무의 머리가
나무의 뿌리라면
머리를 땅속 깊숙이 묻고 사는 나무는
땅 위 사방으로 뻗어나간 가지마다 잎마다
무수한 눈과 귀를 달고 산다
계절마다 다르고
밤낮으로 다르고
시간마다 다른 무수한 정보를
어둠속에 요리하고 소화하는 뿌리는
비공개적 비토론적
철저히 자기 생존을 위해 판단한다
뿌리가 땅 밑으로 넓어지면
땅 위의 위력도 넓어지는 국가마냥
나무의 뿌리는 어둠의 황제이다.

하늘과 바다

네 번 결혼하고 네 번 이혼한 친구에겐
사랑과 이별은 알맹이 없는 어휘
바람에 날려 길바닥에 떨어진 나무잎
오고가는 사람들의 발아래 밟히고 밟혀
봄날의 기색은 진흙 속에 묻혀있다.

지금은 은퇴하여 홀로 사는 친구
지난 날의 진흙생활을 씻고 싶은 마음으로
바닷가 양로원에 옮겨 산다
낮에는 밀려오는 밀물소리
밤에는 빠지는 썰물소리
땅과 바다가 만나고 헤어지는 원리는
바닷가 생활에도 마찬가진데
헤어지는 썰물따라 아득히 멀리 보면
으례 만나는 수평선엔
하늘과 바다가 언제나 하나이다.

시 쓰는 마음 · 1

보리밭에
부르는 소리 없다면
옛생각 고운 노래를 누가 들으랴
가을밤에 피는 호박꽃에
달빛 찾아오지 않으면
말없이 자라는 호박을
긴 긴 밤에 누가 키우랴
태초에 아담과 이브가
하늘의 경고없이 살았다면
후세 사람들은 영원히 행복했을까.

태초부터 행복을 꿈꾼 인간이라면
악에 찬 세상에서 선을 찾는 인간이라면
보리밭에 들리는 고운 노래를
어둠속에 키워주는 달빛의 인자함을
깨닫는 마음없이 어찌 알랴
시 쓰는 마음없이 어찌 알랴.

백로

물 한 목음 마시고
하늘 한 번 처다보고
물 한 목음 마시고
하늘 한 번 처다보고
호수가 지루한가.
하늘로 향하는 백로
높고 높은 청송 위에 앉아도
텅 빈 하늘은 무심한데
그래도 쉬지않고 찾아가는 백로
무엇이 그리운가.
그리움에 태어난 백로
하얀 하늘 먹고
온 몸이 하얀 학
크나 큰 그리움의 날개 아래
오늘도 작은 몸 이끌고 하늘 가는데
날개 없이 하늘 꿈꾸는
나의 몸은 너무 무겁다.

시인은 삶의 번역자

시인은 삶의 번역자
말없는 어머님을
돌이라 번역하고,
잔잔한 바람에 하늘대는 잎새를
괴로운 양심이라 번역하고,*
긴 긴 여름 가뭄과 장마를 이겨내는 백일홍을
삶의 의지라고 번역하는 시인은
우주만상을 인생의 동반자로 만든다.
시가 있는 곳에 인생은 외롭지 않다
땅은 포단
하늘은 이불
그 사이를 발가벗고 앉아있는
장자(莊子)의 기백이 부럽다.**

* 시인 윤동주(尹東柱)의 「서시」 참조
** 장자(莊子), 본명은 주(周). 기원전 4세기, 중국 전국시대의 저명한 도
   학(道學)계 철학자

반쪽 삶
— 정총해 형을 보내며

바닷가 도시에서 자라난 형은
언제나 바다를 그리워했다.
인생은 흐르는 물이라 했던 형은
오늘은 어제가 흘러온 물
내일은 오늘이 흘러가는 물이라 했다.
하루하루의 삶을
어제와 오늘의 반쪽 삶이라 했던 형은
자기의 삶을 반쪽 삶이라 했다.
어제는 화가
오늘은 조각가
지난 주엔 불문학의 알베르 카뮈를 읽고
이번 주엔 일본문학의 나쓰메 소세키를 읽은 형은
젊어서는 야구선수
나이 들어 요리선수
낮에는 대학교수
밤에는 글 쓰는 작가였다.
외골수 한 곳에 고인물은 썩을 수밖에 없기에

언제나 바다로 흐르는 형의 삶엔
어제 못 다한 일을 가슴에 묻어두지 않았다.
새 것이라면 눈이 반짝했던 형의 책상 위엔
아침에 따끈했던 찻잔이
저녁엔 싸늘하게 놓여있었다.

지루한 여름이 지나 가을이 오면
작은 보따리 하나 잔등에 지고
동안거로 떠나는 노승을 부러워했던 형,
"마음이 가난한 자 복이 있나니"*
오늘, 하늘이 형을 부릅니다
정형, 안녕히 가십시오.

*기독교 『신약성서』 마태복음 5장 3절

한 번 더

시 쓰는 마음은
어린 아기 첫 발자욱 내딛는 마음
넘어지면 한 번 더 한 번 더
일어서는 마음.

시 쓰는 마음은
수업시간의 어린 학생
선생님의 질문에 답을 찾는 마음
이번에 틀리면 한 번 더
옳은 답 찾아보는 마음.

젊은 날엔 그냥 그대로 네가 좋아
내가 모자라도
너의 너그러운 용서를 원했는데
지금은 깨닫는 마음으로
예전에 미처 몰라
구하지 못한 용서를 받고 싶지만

이미 떠나버린 그대이기에
나는 시 쓰는 마음으로
이제라도 한 번 더
그대의 용서를 구해봅니다.

고독의 열매

시 쓰는 마음은
고독을 키우고 보호하는 마음
어두운 골목길을
홀로 밝혀주는 달마냥
어려운 삶의 길을 찾아가는
외로운 사람에게 힘을 주는 마음.

긴 여름 한 뿌리에서 올라오는 정기를
엄마의 젖처럼 빨아먹고 살아온 한 나무의
그 많은 노오란 감들이 떨어진 후
늦가을 앙상한 가지에 홀로 남은 단감은
고독의 열매이다
찬바람 이겨내는 자연화
한 편의 시이다.

마음에서 몸으로

젊은 일꾼을 키우기 위하여
나라는 젊은이의
출산비 육아비 교육비를 지불한다
가을 열매를 위한 봄계절의 투자마냥.

젊은 사랑은 몸에서 마음으로 간다는데
긴 여름 가뭄속에 시들어진 꽃나무
때로는 장마속에 뿌리마저 썩은 몸에
사랑의 열매가 가을에 맺어질까.

깨달음은 마음에서 몸으로 온다는데
고통과 가난속에 깨달은 사랑의 마음이
시들고 썩은 몸에 삶의 힘을 준다면
살아갈수록 마음이 몸이 되는
부활의 희망은 계절을 초월한다.

꽃밭

전쟁이 일어나고
어머님이 가꾼 꽃밭에
폭탄이 떨어지는 순간
어머님은 애들을 불러 모아
치마폭에 감싸고
방공호로 뛰어들어갔다
방공호 안에서 하신 말씀은
모두 삶을 위한 시(詩)였다.

꽃보다 더 아름답고
애들보다 더 귀하다는 이념이
폭탄이 되어 날아온 날들은
아집(我執)의 정치인 지식인 종교인들이
가득한 단테의 지옥속에
영원히 살아있다.

폭탄소리 멀리 들리지만

햇살이 찾아온 다음날
어머님은 폭탄이 파헤친
꽃밭을 다시 가꾸었다.

"우리"와 "나"

해방 전의 통치자는 왜족
해방 후의 통치자는 동족인데
모두 동족이란 "우리" 안에
"나"를 동물처럼 가둬 넣었다.
"나"를 죽이는 이념의 전쟁을 피해
"나"를 살리는 피난길 따라
평생 여기까지 걸어왔건만
올해도 늦가을 하늘엔
끼리끼리 날아가는 기러기떼 "우리"와 떨어져
홀로 가는 기러기 울음소리
너무 외롭다.

결코 잊지 않으리

결코 잊지 않으리
권력확장을 위한 독재자의 선전포고를

결코 잊지 않으리
동족상쟁을 위한 독재자의 거짓말을

결코 잊지 않으리
진실을 숨기는 거짓말의 위세를

결코 잊지 않으리
헛된 전쟁에 헛되게 바친 젊은이의 목숨을

결코 잊지 않으리
전쟁으로 헤어진 가족의 비극을

결코 잊지 않으리
아들 잃고 부모 잃고 집 잃은 백성의 슬픔을

〉
결코 잊지 않으리.

사랑의 물

그리움에 찾아온 산마을 고향
지금은 그리운 사람 모두 가버리고
사랑의 그리움마저 가버린 곳.
나는 산골짝 개울물처럼
가야 할 길 따라 다시 떠나야 한다면
그리움 고인 저수지 뚝을 넘어
낯선 마을 농터에 물이 되리.
도시의 오물을 씻어주는 강물이 되리.
오염속에 살아남는다면
짜디 짠 바다의 소곰물이 되리.

초생달

너와 내가 마주 앉아
너는 나를
나는 너를
키가 작은지 큰지
얼굴은 하얀지 검은지
어깨는 넓은지 좁은지
비교하고, 확인하고, 판정하는 절차따라
나는 널 선택하고
너는 날 버린다면
선택의 자유따라
나는 사람이냐? 물건이냐?

내가 나마저 볼 수 없는 캄캄한 밤
어둠속에 날 버리지 않고
나의 갈 길 가라고
나의 앞길 밝혀주는
초생달이 너무 고맙다.

아름다운 불평
— 한국전쟁시 피난길에서 일어난 일

대포소리 따라오는 피난길
전쟁은 사랑의 달구지를 멈추지 못했다.
보름달처럼 꽉 찬 산모의 배 안에
더 이상 기다릴 수 없는 탄생의 시간
엄마의 고통이 아기의 첫 고성(告聲)으로 울릴 때
받아주고, 씻어주고, 안아주는
피난길 아줌마들의 바쁜 한숨소리
모두 아름다운 불평
새 생명을 실은 달구지는
계속해서 피난길에 들어섰고
멀리 들리던 대포소리
점점 가까이 들려왔다.

나이 팔십에

나이 팔십에
잊어서는 안될 사람들을 잊어버리고
버려야 할 것들이 아직 쌓여있는 내 마음엔
해를 가린 먹구름으로 가득하다.
시 쓰는 마음이란
순간마다 변하는 먹구름 세월속에
누구를 잊지말고
무엇을 아낄지
변함없이 밝혀주는 빛을 찾는 마음.
하늘가는 비행기처럼
먹구름 헤쳐가는 진동
이 순간에도
내 마음은 진동속에 불안하다.

시 쓰는 마음 · 2

시 쓰는 마음은
궁궐 권력의 부름에 응하지 않은 죄로
유배길에 들어서는 선비

— — —

시 쓰는 마음은
달도 자고, 새도 자는 캄캄한 밤
새벽 두 시
어둠을 태우는 도서실의 촛불

— — —

시 쓰는 마음은
거짓을 진실화하는 포도청 고문에
죽지않고 살아있는 얼

시 쓰는 마음·3

시 쓰는 마음은
모세가 이끄는 노예들의 해방을 위해
바다를 가르는 천둥소리

– – –

시 쓰는 마음은
앞마당 뒷마당에 잔설이 깔린 이른 봄
계절에 앞서 피는 하얀 매화

– – –

시 쓰는 마음은
나라 위한 전쟁에 목숨 잃은
아들의 영혼을 비는 어머니

시 쓰는 마음 · 4

산과 들에 가을이 오면
작은 보따리 하나 등에 지고
동안거를 찾아가는 노승

– – – –

시 쓰는 마음은
아직은 따스한 내의, 두터운 외투
입어야 하는 이른 봄
가림없는 파란 잎
주름없는 하얀 꽃
햇살 앞에 활짝 핀 수선화

– – – –

시 쓰는 마음은
사람 죽이는 총이

사람 수보다 더 많은 세상에서
한 자루 총이라도 용광로에 녹혀 만든
밭갈이 쟁기

시 쓰는 마음 · 5

시 쓰는 마음은
어릴 때
때묻은 나의 옷을 빠는 어머님의 빨래방망이
지금은
때묻은 나의 마음을 씻는 어머님의 빨래방망이

– – –

시 쓰는 마음은
한 돌배기 어린 아기
일어서면 넘어지고
넘어지면 또 일어서는
한 돌배기 어린 아기

– – –

시 쓰는 마음은

전쟁에 파괴된 집터 위에 서서
새 집을 꿈꾸는 젊은이

시 쓰는 마음 · 6

시 쓰는 마음은
전시(戰時), 어깨 위 별들이 번쩍이는
장군들의 명령이 아니다.
시 쓰는 마음은
내 고향 산마을 들판 가득히
푸르게 푸르게 자라나는 잡초

- - -

시 쓰는 마음은
포악한 변사또의 능욕의 굴레로부터
춘향의 인격을 살려주는
암행어사의 고발

- - -

시 쓰는 마음이 바람에 실려

정치인들이 말하는 자기주장에 향기를 도꾼다면
오늘은 시 안쓰고 편히 쉬런다.

시 쓰는 마음 · 7

시 쓰는 마음은 늙지 않는다
육백여년 전에 씌어진 단테의 「신곡」은
세계 모든 지성인들이
현재도 쉬지않고 읽는다.

                  –   –   –

시 쓰는 마음은 예언적이다
영원히 예언적이다.
어제 본 영원이
내일 볼 영원과 다르다면
오늘 옛 시를 누가 읽으랴.
갈라진 삼팔선이 반세기를 지나서도
고향 그리움은 어제와 오늘 다름이 없다.

                  –   –   –

시 쓰는 마음은
꿀과 우유를 찾아
사막을 헤쳐가는 모세의 여행
모진 고생속에 슬픔은 있어도
실망은 없다.

사랑의 땀

시 쓰는 마음으로
내가 당신을 사랑한다면
당신은 그대가 되고
사랑의 밤은
사랑의 낮이 되고
사랑의 땀은
사랑의 향이 된다.

시 쓰는 마음·8

시 쓰는 마음은
정치인처럼 소리내어 웨치지 않는다
학자의 말처럼 주어와 동사가 맞아떨어지지 않는다
과학자의 글처럼 원인따라 결과를 유인하지 않는다
의사처럼 몸의 상처를 치료하지 못하지만
시 쓰는 마음은
하늘의 문을 여는 열쇠
바람불어 봄뜰에 활짝 피는 꽃
소리내어 부르지 않아도
엄마 품에 안기는 아가의 행복.

시 쓰는 마음 · 9

시 쓰는 마음은 온화하고 굳건하다
천사의 말처럼 하늘의 향기를 내뿜는다
금강산 일만이천봉을 노래로 휘어잡는다
애초에 시 쓰는 마음이 없다면
떠나간 "님의 침묵을 휩사고" 도는*
사랑의 노래가 없다면,
전쟁에 죽었다는 아들을
다시 만날 희망의 의지를
천년 만년
일만이천봉의 돌처럼 굳은 의지를
하늘 향한 향기처럼
지금도 내뿜을 수 있을까.

*한용운 의 시 「님의 침묵」에서

눈과 비

시 쓰는 마음은
여름날 소리치며 쏟아지는 소나기일까
한겨울 소리없이 펑펑 쌓이는 눈일까.

여름날 발가벗은 내 마음을
숨김없이 씻어내리는 비라면
흐르는 땟물을 누가 마시리.

겨울날 펑펑 내리는 눈이
나의 온 몸을 땅속에 묻는다면
새봄엔 새싹이 되어 꽃을 피우리.

그냥 그대로

애초에 시 쓰는 마음이 없다면
꽃은 꽃대로
그냥 그대로
산은 산대로
그냥 그대로
새는 새대로
그냥 그대로
만물은 그냥 그대로
천만년 전 천만년 후
그냥 그대로
어제 오늘 내일
그냥 그대로.

마지막 말

전장에서 죽어가는 병사에게
마지막 남길 말을 묻는다면
부모에게
아내에게
자식에게
형제에게
친구에게
마지막 남길 말을 묻는다면
예전에 미처 못한
마지막 남길 말은
모두 시로 쓰일 말.

방울새

바람 잦은
하늘을 날아와
유리창에 비치는 파아란 하늘에
날아드는 방울새는
유리창에 부디치고 떨어진다
또 날아들고, 또 떨어진다

어쩌면 완성된 시 작품을 뒤에 두고
미완성의 작품 찾아
읽어보고 또 읽어보는 나와 같다
완성된 시는 이미 잊어버렸고
책상 위에 놓아둔 미완성의 시에는
눈앞에 알른대는 파아란 하늘이 보이는데
유리창에 비치는 우상인가
유리창에 비치는 하늘에 날아드는 새처럼
나도 얼마나 많은 우상을 노래했을까.

여유

시 쓰는 마음엔 여유가 있다
땅에서 하늘나라를 꿈꾸는 여유
지옥에서 천당으로 가는 여유
사막에서 천둥소리 듣는 여유
돌꽃을 찾아가는 여유
유(有)에서 무(無)를 찾는 여유
원수를 사랑하는 여유
시 쓰는 마음에 이런저런 여유가 없다면
이 어두운 밤에, 무얼 믿고
나는 그대를 찾아가랴.

시 쓰는 마음 · 10

시 쓰는 마음은
따스한 온돌방이 아니다
찬바람 불어오는 동지섣달
하얀 눈 위에 핀 국화이다
추위에 감싸이지 않고
노오란 가슴을 하늘 향해
믿음직스럽게 열어놓는다.

시 쓰는 일

따사한 가을날
노오란 잔디 위를 거닐 때
나도 몰래
한 쌍의 비둘기
행복의 잠을 깨웠다
그 순간
나는 깨달았다
시 쓰는 일이란
행복의 잠에서 깨어나는 순간임을.

영혼의 삶

오늘은
옛 친구가 성공해서 금의환향하는 날
온 동네가 잔칫날이라고 하는데
나도 고향을 떠났지만
못가는 신세이다.
부끄러운 불효
도시의 군중속에 파묻힌 나의 삶은
사막의 생활에서 잊어버린 물처럼
백마고지 전투에서 전사한 무명 병사처럼
잊어서 없어지고
죽어서 없어진다 하드라도
내 영혼의 삶은
시 쓰는 마음이 아니라면
누가 노래해주랴.

절대무(絶對無)

있다고 아는 것을 유(有)라 하고
있는지 모르는 것을 무(無)라 한다면
시 쓰는 마음은 언제나 새것을 향해
유에서 무를 찾아간다.

무의 세상은 낯선 세상
아는 것과 모르는 것을 접하는 은유를 이용하여
무의 세상에 들어서면
돌은 꽃이 되고
꽃은 새가 되고
새는 물이 되기도 한다
예전에 모르던 무가
이제는 유로 알게 된다.

보라!
새 세상 무를 찾아간 모세 앞에
배 없는 바다에 길이 생기고

새 세상 무를 찾아간 단테 앞에
지옥의 밑바닥에서 천당가는 길이 있고
새 세상 무를 찾아간 미당(未堂)의 귀촉도(歸蜀途)는
"진달래 꽃비오는 서역 삼만리"이다.*

무를 향해 시 쓰는 마음엔 끝이 없다. 하지만
은유의 유(有)마저 거부하는 절대무(絶對無)
영원히 알 수 없는 텅 빈 공(空)을
시인은 이름하여 하늘이라 하고,
하늘을 인격화하여 "하늘님"이라 하면
우리가 아는 우주만물은
내가 아는 나마저
아무도 모르는 "하느님" 품안에 존재한다.
이제는
내가 안다는 당신 안에
내가 모르는 그대를 깨닫지 못한 나의 교만함을
두손 모아 사죄합니다.

*미당(未堂) 서정주 시 「귀촉도」에서 인용

시 쓰는 마음 · 11

시 쓰는 마음은
넓고 파아란 잔디밭에
잡초라고 뽑아버린 민들래가
약초라고 보호하는 순간 시작한다.

- - -

시 쓰는 마음은
가을밤 달빛에 힘을 얻은 호박꽃이
어두운 밤길을 밝혀주는 순간 시작한다.

- - -

시 쓰는 마음은
나보기가 역겨워 가시는 님의 길에
진달래꽃 뿌리는 여인의 마음속에 시작한다.

시 쓰는 마음 · 12

시 쓰는 마음은
옛날 산마을 시골길따라 유배가던 선비
길가에 홀로 핀 풀꽃의 향기 맡기 위해
가던 길 멈추는 순간 시작한다.

－ － －

시 쓰는 마음은
고달픈 하루의 삶이 끝나면
으례 찾아오는 잠에 빠지지 않고
예고없이 찾아오는 작은 일에도
말없이 충성하는 애기엄마의 마음속에 시작한다.

－ － －

시 쓰는 마음은
안다고 유세(有勢)떠는 어른들보다

몰라서 겸손한 애들을 사랑할 때 시작한다.

전기(傳記)와 시

삶의 기록을 전기라고 한다면
시 쓰는 마음은 전기보다 앞서 간다.
남녀칠세부동석이 엄하던 시절
한번도 만나지 못한 신부를 처음 마지하는 혼일
신랑의 마음에 비치는 신부
신부의 마음에 비치는 신랑
같이 일생을 살아야 할 앞날의 꿈
아직은 시작하기 전
아무도 가지 않은 하얀 눈길을 처음 밟는 마음
시 쓰는 마음은 지금의 삶보다 앞서 간다.

시의 꿈

시 쓰는 마음은
갓난애기 키우는 엄마
젖먹이며 잠재우고
젖먹이며 잠깨우는
애기엄마는 잠시도 품안에서 애기를 놓치 않는다.

시 쓰는 마음에
한 줄기 시상(詩想)이 떠오르면
동트는 새벽에 떠오르는 붉은 햇살처럼
한 줄기 시상이 떠오르면
품안에 안긴 애기처럼
젖물보다 진한 가슴찬 말로
깨우고, 재우고, 안아주고, 쓰다듬는 엄마는
진심으로 시 쓰는 마음.

때가 지나 어린 아기 홀로 잘 때엔
꿈속에서 울고 웃는 아기의 마음을 엄마도 알 수 없듯

시인의 손에서 떠나간 한 편의 시가

아직도 살아있다면

살아있는 시의 꿈을 시인인들 어찌 알리.

언덕길

시 쓰는 마음이 가는 길은 산마을 언덕길
산등을 타고 구비구비 올라가는 언덕길
옛날엔 직설고언(直說苦言)의 선비가 유배가던 길
지금도 동안거 찾아가는 노승의 길
구비진 길목에 의자가 놓여있다.

젊은 등산객도 숨고개 쉬어가는 의자에 앉아
지나온 아랫길을 내려다보면
하늘과 땅이 접한 머나먼 지평선이
한눈에 보인다.

오늘은 찬바람 불어대는 설날 아침
시 한 편 쓰고저 언덕길 의자에 앉아
언덕길 위 펼쳐진 파아란 하늘을 쳐다보는데
파아란 하늘과 땅이 접하기엔
하늘이 너무 멀리 떨어져 있다.

"하지만"

시 쓰는 마음은
"하지만"으로 시작하여
"하지만"으로 끝난다.

부잣집 애로 태어나면
당연히 잘 먹고, 잘 놀겠지
하지만
참되게 살 수 있을까.

박사학위 획득하면
당연히 지식인이 되겠지
하지만
지혜로울까.

말 잘 하는 변호사
당연히 이름을 날리겠지
하지만

양심적일까.

사죄
— 이산가족의 한 사람으로 남기고 가는 말

이제는
살아서 만나리라는
그리움마저 죽어버린 현실속에서
죽어서 만나리라는
희망이 간절하다.
시 쓰는 마음이 깨닫는 마음이라면
지금까지 알고 지낸 유(有)의 세상이
떠나간 부모형제를
무책임하게 잊어버린 사랑을
미처 깨닫지 못한 무(無)의 세상에서
만나고 싶다.

집떠난 나의 삶속에 가득했던
나의 불효를
나의 오만함을
나의 망각을
만나서 사죄하겠습니다.

무(無)의 전당

지금 생각하면
이씨왕조 오백년
산마을 개울가 외딴 초가집은
이름없는 선비의 유배지
무(無)의 전당이었다.
깨닫는 마음속에
부서지고, 무너지고, 순간마다 변하는
유(有)의 한계를
새롭게 채워주고, 초월하는
무(無)의 마음이 넘치는 곳이었다.
돈과 권력을 가진자의 유세(有勢)가
거들떠보지도 않은 초가집
지금은 흘러간 세월속에 잊어버린 무(無)
미처 깨닫지 못한 무(無)를 향한 마음으로
그 안에 들어서면
시 쓰는 마음이 부활하겠지.

유(有)와 무(無)

유(有)도 하나의 개념
무(無)도 하나의 개념
으로 취급하는 세상에서
진실도 하나의 개념
거짓도 하나의 개념으로
옳음도 하나의 개념
그름도 하나의 개념으로
동등하게 대우하는 민주주의 원칙아래
모든 사람부터
한 표, 한 표 투표받을 권리를 가질 때에
거짓이 받은 투표수가
진실이 받은 투표수보다 많을 때엔
거짓이 진실이라는 이념이 생기고
그름이 받은 투표수가
옳음이 받은 투표수보다 많을 때엔
그름이 옳다는 이념이 생기는 세상에서
돈 있다고, 권력 있다는 오만한 유(有)앞에

있다고 나서지 않는 겸손한 무(無)는
무시받는 약자의 굴욕과 탄압을 면치 못하리.

시 쓰는 마음은
미처 깨닫지 못한 무(無)를 향한 마음인데
이름도 없는 무(無)를 무엇으로 표현하랴.

말의 향기

봄이 오면
과수원마을에 가득 찬
사과꽃 향기
올해 오려는 사과풍년을 말해준다.

동지섣달 찬바람 숨어드는
겨울이 오면
집집마다 추위를 이겨내는
온돌방에 온 가족이 모여앉아,
할아버지는 공자의 『논어』를
어머니는 히브리성서의 『전도서』를
중학생 아들은 최인훈의 『광장』을 읽는 집안에
말의 향기가 가득할 때
새해엔
이 집안 문화에 풍년이 오리라.

청자항아리
— 미국 어느 작은 도시 양노원에서

지금은 구십대 노인, 양노원 환자이다

이십대엔 한국전쟁 참전용사

구사일생 생존 귀국하여

결혼하고, 아들딸 낳아

삼십대에 집마련

알뜰 살림 계속

육십대에 은퇴

칠십대에 아내를 먼저 보내고

팔십대에 홀로 인생

모든 재산 깨끗이 정리했지만

참전기념으로 받은 청자항아리는

지금도 양노원 환자실 전등 옆에 놓여있다.

환히 열린 항아리 머리

평생을 그렇게 살려고 했는데

이제는 영혼을

환히 열린 하늘에 묻고 싶어한다.

시 쓰는 마음·13

예전에 미처 몰랐던 무(無)를 깨닫는 마음이

시 쓰는 마음이라면

깨닫는 마음속엔

실패는 없고

참회만 있다.

실패는 참회의 원천

어디서나 언제나

나도 모르게 날 찾아오는 참회는

깨닫는 마음

자만에 갇힌 나를 해방시킨다.

참회는 그대입니다

볼 수 없고, 확인할 수 없는

그대입니다

영원한 절대무(絶對無)

하늘처럼 텅 빈 공(空)

그대를 찾는 마음이

시 쓰는 마음입니다.